Kapt

Reinhold Tebtmann

Dallos
Kopfgeburten

Zum Buch

In diesem Buch findet man Sprüche, kurze
Gedichte und Klugscheißereien zu
vielen Lebenssituationen.

Zum Autor

Reinhold Tebtmann, geboren 1949 in Münster,
schreibt seit über 60 Jahren Liedertexte
sowie lustige und kritische Gedichte.

Reinhold Tebtmann

Dallos
Kopfgeburten

Für alle
Maulhelden
Klugscheißer
Neunmalkluge
Dummschwätzer

Bibliografische Information der Deutschen Nationalbibliothek:
Die Deutsche Nationalbibliothek verzeichnet diese Publikation
in der Deutschen Nationalbibliografie, detaillierte bibliografische
Daten sind im Internet über http://dnb.dnb.de abrufbar.

Herstellung und Verlag: BoD - Books on Demand, Norderstedt.

ISBN: 978-3-757-81949-1

Heute melde ich mich zurück

Stürz mich in neues Dichterglück

In meinem Paradies aus Versen

Bleib ich Poemen auf den Versen

Manchmal ist aus Kunst ein Stück

Inhalt

Menschliches

und

Unmenschliches

All das was ich bin

Ist eine Sicht der Welt

Daraus ziehe ich jeden Sinn

Der meine Welt am Leben hält

Alles bricht zusammen

Ändere ich nur EINE Sicht

Zum Kollaps würde es kommen

Nein - anders denken darf ich nicht

Ein strahlendes Lachen

Und eine erregende Stimme

Ihr Körper lässt Tote erwachen

Ein Minikleid – ich glaube ich spinne

Gepflegt und top gestylt

Sie weiß dass MANN sie liebt

Und hat das Altern eingestellt

Meine Phantasie träumt und fliegt

Auch unter vielen Leuten

Bin ich manchmal ganz allein

Höre die Leisen und die Lauten

Doch niemand dringt zu mir herein

Wenn Denker verstummen

Und Schwätzer alles verstehen

Dann sind die Klugen die Dummen

Und Spinner können die Zukunft sehen

Manchmal - nach einer versoffenen Nacht

Und einem schmerzlichen Erwachen

Nach einem Schlaf wie Ohnmacht

Erleb ich furchtbare Sachen

Die Erde rotiert schlimmer

Ich gebe euch Brief und Siegel

Und gruselig wird's im Badezimmer

Da sehe ich Monster in meinem Spiegel

Manche mögen Lügen nicht

Und manche nicht die Wahrheit

Wahres steht im blendenden Licht

Und Lügen schützen uns vor Klarheit

Wenn Wahres Leid erzeugt

Und Lüge kann Leid vermeiden

Dann bin ich gern zur Lüge bereit

Und will EURE Verachtung still erleiden

Eine Heidi rief mich an

Sie sei auf mich gekommen

Denn meinen 'Masematte - Song'

Hat sie kürzlich im Radio vernommen

Für die 'KG Bremer Platz'

Mit all den Vorstandskumpeln

Hätte sie gern als Helau - Ersatz

Den 'Masematte - Blues' zum Schunkeln

Frau Doktor checkt die Lebenskräfte

Mit Ultraschall und Stethoskop

Prüft alle meine Körpersäfte

Wie Urin und Blut und Kot

Als ich aus der Praxis ging

Blieb mir keine andere Wahl

Ich fühlte mich so wie ein King

Alle meine Werte - sind stinknormal

Manche Dummheiten hab ich gemacht

Dumme Fehler blieben versteckt

So manches Peinliche gesagt

Schuld blieb unentdeckt

In keinem langen Leben

Sind alle Probleme zu lösen

Gutes und Böses wird es geben

Lernen kann man nur von dem Bösen

Ich leide nun seit Tagen

Die Verletzungen sind schwer

Schmerzen sind kaum zu ertragen

Mein Körper quält sich viel zu sehr

Kein Mann sollte so leiden

Die Qualen machen mich bitter

Ich werd aus dem Leben scheiden

In meinem Finger steckt ein Splitter

Menschen die dich beschimpfen

Und bei dir das Böse suchen

Die dich verunglimpfen

Und wild verfluchen

Sind die - die sagen

Tolerante können gönnen

Und die ersten die beklagen

Du musst auch vergessen können

Manch nette Leute laden mich ein

Um mir zu zeigen wie sie leben

Bei Aperol - Bier oder Wein

Zum Lachen und Reden

Ich ringe um die Worte

Bin ein "gebranntes Kind"

Und geh sehr ungerne an Orte

Die nicht unter meiner Kontrolle sind

Der Junge nebenan

Der mit dem Wasserkopf

Versucht zu zeigen was er kann

Und ich fühl Mitleid mit dem Tropf

Neugierig sah er her

Darum dachte ich bei mir

Und meine Idee gefiel mir sehr

Was - wenn er glücklicher ist als wir

Bei allen die ich mochte

Konnte ich Kluges verstehen

Selbst wenn ich es nicht suchte

Gescheites - ist so leicht zu sehen

Die – die ich nicht mochte

Zeigten mir die andere Seite

Die Beelzebub uns näher brachte

Tief verborgen bleibt das Gescheite

Pisse – Kacke – Pupe

So lasse ich mich gehen

Wenn ich zu fluchen versuche

Kann ich die Leute grinsen sehen

Sobald ich zornig bin

Löst meine Welt sich auf

Ich werd zum Rumpelstilzchen

Alle müssen dann lachen – ich auch

Fast jeder der ein Haustier hat

Glaubt – sein Tier wäre klug

Plaudereien finden statt

Bla-bla im Monolog

Animalisches Gewicht

Haustiere als Leithammel

Gerne unterbricht man nicht

Tierisch-menschliches Gestammel

Warum nur tragen Frauen Miniröcke

Und ziehen dann ihre Röcke lang

Warum haben sie Ausschnitte

Verdeckt unter der Hand

Ich sag dir im Vertrauen

Frauen sind reizvoll und schön

Und messen sich nur mit Frauen

Wir Männer sollen sie gar nicht sehn

Mein Auto habe ich repariert

Mich gegen Grippe impfen lassen

Meinen Computer selbst formatiert

Musste mich mit den Steuern befassen

Beziehungen habe ich geklärt

Und mit den Freunden diskutiert

Hab selbst meinen Feinden zugehört

Und trotzdem bin ich heut so frustriert

Ich sitze im Lokal

Mit einem kühlen Aperol

Einem Cocktail meiner Wahl

Er sorgt täglich für mein Wohl

Ein Gast fragt mich

Wird es dir nicht zu viel

Danke für die Sorge lach ich

Ich trink höchstens so viel ich will

Manchmal wache ich auf in der Nacht

Denk - ich kann nie mehr schlafen

Horror übernimmt die Macht

Mit grausamen Waffen

Nicht endende Stunden

Zerfließen in Zeit und Raum

Ein Alb lacht über meine Wunden

Niemand beendet diesen Wachtraum

Ich werd mich nie erholen

Werd nie mehr derselbe sein

Die Illusionen wurden gestohlen

Ab heute muss ich ein Weichei sein

Ich hab das Beste gegeben

Der Körper ist wie gehäckselt

Zum ersten Mal in meinem Leben

Hab ich einen Autoreifen gewechselt

Manchmal da bin ich ganz sicher

Ich bin der 'Herr der Ringe'

Die Macht ist göttlicher

Es wirken andre Dinge

Manchmal da bin ich ganz sicher

Ich bin der 'Herr der Fliegen'

Diese Macht ist kindlicher

Brutalität wird siegen

Ich lieb den Ruhestand

Nun schon seit 25 Jahren

Täglich sagt mir der Verstand

Arbeit - kann man sich auch sparen

Kommt der Arbeitseifer

Oder die Pflichterfüllung ruft

Bekämpfe ich all meine Angreifer

Bis Arbeit sich andere Opfer sucht

Im Biergarten bei 18°

Da genieß ich es zu sitzen

Mir wird weder kalt noch fad

Mein Pullover wird mich schützen

Mit erstaunten Blicken

Schauen sie aus dem Lokal

Manchmal muss ich mich zwicken

Ich grinse und ich liebe meine Wahl

Unter der Dusche

Bin ich täglich kreativ

Sobald ich darunter husche

Ist keine Peinlichkeit zu schief

Rezitieren und singen

Im warmen Wasserstrahl

Das kann Befriedigung bringen

Befriedigung macht Spaß - allemal

Wenn ich Freiheit suche

Brüllt irgendjemand "NEIN"

Die Freiräume die ich versuche

Können Grenzüberschreitungen sein

Grenzenlose Freiheiten

Gibt es nur in einem Krieg

Obwohl sie uns moralisch leiten

Halten wir die Grenzen für Betrug

Schon den Weg genieße ich

Die zehn Minuten zum 'Gondola'

Luisa & Giaco sind Freunde für mich

Schon unsere Begrüßung ist wunderbar

Ich genieße diese Treffen

Sie geben mir ein gutes Gefühl

Ein bisschen multikulti - weltoffen

Und das bedeutet mir unendlich viel

Sechs Leute an einem Tisch

Nie war das Stammlokal so still

Tonlos – stumm wie ein toter Fisch

Diese Stille – so unerträglich schrill

Ich ging nach einer Stunde

Denn es war nicht auszuhalten

Nicht ein Wort kam aus der Runde

Dieser sechs schweigsamen Gestalten

Sollte ich mal schwören

Frauen nur lustlos anzusehen

Und sollte es mich einmal stören

Sie in meinen Gedanken auszuziehen

Dann glaubt es mir nicht

Auch wenn es sittlich geboten

Denn spätestens dann gehöre ich

Lange schon in das Reich der Toten

Du gabst den guten Rat

Sie zu verdrängen – die Trauer

Und es lenkte mich ab – in der Tat

Doch blieb die Trauer auf der Lauer

Was man tut ist ganz egal

Trauer benötigt Zeit – immer

Doch es bleibt die Qual der Wahl

Je später sie kommt – umso schlimmer

Gekommen als Paar

Ich schaue und staune

Und schwör – es ist wahr

Jeder der Zwei blieb alleine

Seitdem sie kamen

Haben sie geschwiegen

Sie saßen hier zusammen

Blickkontakt wurde vermieden

Morgen geh ich zu Elfriede

Bei ihr da fühle ich mich wohl

Wir lieben uns lange ohne Liebe

Und trinken dabei sehr viel Alkohol

Sex mit Alkohol ist länger

Die Hemmungen saufen wir weg

Wir lachen laut über jeden Hänger

Denn Versagen wird ein "Running Gag"

Die Dichter sind da um zu dichten

Das können die Klempner auch

Hartz-4ler sollen verzichten

Guter Eremiten-Brauch

Die Lehrer unterrichten

Taschendiebe tun das auch

Unsere Bundestrainer sichten

Auch bei Freiern ist das Brauch

Kein kluger Mensch kann alles wissen

Allwissend - sind nur die Dummen

Sie werden jeden Klugen dissen

Dem sie nicht folgen können

Dumme haben – das ist klar

Sich zu messen keinen Mumm

Sie halten es tatsächlich für wahr

Wer DICK ist - der ist auch DUMM

Jemand - den ich unterstütze

Sagt zu mir: Dass es zwar nütze

Doch würde es nicht dazu reichen

Die höheren Ansprüche zu begleichen

Keinem will ich etwas nehmen

Mich nicht verletzt zurücklehnen

Nur die Anweisung wurde storniert

Ab heute wird monatlich bar quittiert

Glaube

und

Unglaube

Mich fragte ein Pastor

Betest du auch mein Lieber

NEIN – das ist schon lange her

Nach Gottes Missbrauch nie wieder

Er faselte von Güte und Vergebung

Und – das musst du anders sehen

Glaub mir Gott ist die Lösung

Nein Gott ist das Problem

Werdet wie die Kinder

Will Gott von den Frommen

Dann bitten diese geilen Sünder

Lasset die Kindelein zu mir kommen

Das was Popen meinen

Ist allmächtig und uralt

Ich hör sie bitterlich weinen

Die Kinder der göttlichen Gewalt

Friede-Freude-Eierkuchen

Weihnachten ist schon wieder

Erst wollen wir Geschenke suchen

Und singen dann entsetzliche Lieder

Und alle Jahre wieder

Droht erneut eine Belehrung

Auf unsere Erde prasselt nieder

Halleluja – die teuflische Bescherung

Ich frag den jüdischen Freund

Was bringt dir die Beschneidung

Er sagt: Es sei hygienisch gemeint

Und dient der Krankheiten-Vermeidung

Darauf meinte ich zum Freund

Religionen wollen nur vermeiden

Dass ihr geil und lustfreundlich seid

Verstümmelung nennt ihr Beschneiden

Sollte ich auf Erden hier

Wenn's zu Ende geht mit mir

Plötzlich nach dem Heiland rufen

Oder ein Irrglaube mich versuchen

Dann glaubt mir keinen Deut

Auch nicht dass ich was bereut

Wenn der Geist nicht weiß warum

Dann lebt auch mein Gott im Delirium

Gottverdammte Götter

Brutale Paradies-Faschisten

Grausame Ewigkeits-Vertreter

Abscheuliche Himmels-Terroristen

Ihr tötet jeden Spaß

Und verbreitet Schrecken

Euer Team auf Erden ist krass

Und es möge mich im Arsche lecken

Weihnachten – ojemine

Heut will ich euch berichten

Manchmal tun sie höllisch weh

Die heiligen biblischen Geschichten

Der grausame Herodes

Fürchtete um seinen Ruhm

Neugeborene waren des Todes

Gott - hatte mit seinem Sohn zu tun

Wir zwei sitzen am Tisch

Und diskutieren über Gott

Dein Gott ist nichts für mich

Für dich ist ER das tägliche Brot

Du brauchst einen Gott

Nur Kirche willst du nicht

Dein Gott wär ohne Kirche tot

Kirche hat auch gottlos Gewicht

Ein Säckchen hing an meiner Tür

Ich weiß noch nicht von wem

Wer schenkte es mir nur

Kein Gruß war zu sehn

War dieses Säckchen

Wie es heut logisch schien

Von St. Nikolaus ein Päckchen

Ich Dummchen glaubte nicht an ihn

Klug war er der Nazarener

Er konnte zaubern wie Houdini

Reden fast wie Herbert Wehner

Und so bezaubernd sein wie Jeannie

Er hexte sich aus einem Grab

Gott der seinen Sohn verschickte

Der in Dreifaltigkeit Sünden vergab

Gott - ist der dissoziativ Verrückte

Ein ziemlich christlicher Herr

Der lebt sehr gerne zölibatär

Doch bei den Ministranten

Da kommt er ins Wanken

Und er nimmt sie hart her

Ich sah ihn gestern wieder

Er sagte mal er wär ein Freund

Kein anderer ist mir mehr zuwider

Als mein einziger und wirklicher Feind

Sein Bild war in der Presse

Ich erkannte wieder das Böse

Für ihn war es nur eine Petitesse

Doch für mich das teuflisch Religiöse

Für ihren Gott zu leben

Ist geistlicher Lebenszweck

Und all den Sündern zu vergeben

Löscht jeden noch so sündigen Fleck

Weil sie Kinder lieben

Wollen sie ihnen Liebe geben

Kinder als Lustobjekt betrieben

Von Tätern die sich selbst vergeben

Mein Bunny war nur ein Osterhase

Oder - war es etwa umgekehrt

Ist vielleicht mein Osterhase

Als ein Bunny heimgekehrt

Egal ob Hase oder Bunny

Ich schreib dir Liebeslieder

Und versprech dir heute Honey

An Osterhasen - glaub ich wieder

Oh Gott - was hast du nur gemacht

Ich fragte Gott – als ich ihn sah

Was hast du dir dabei gedacht

Als Gott als Jahwe als Allah

Herr du hast keine Ahnung

Auch dein Sohn der Masochist

Dient uns heute nur als Mahnung

Und als "Dreifaltigkeits-Fetischist"

An Aliens glaub ich nicht

Und nicht an göttliche Wesen

Aus ihrer hochintelligenten Sicht

Könnten sie sich zu erkennen geben

Wir intelligenten Menschen

Sind für Kakerlaken das Licht

Sollen wir uns zu erkennen geben

Oder können wir dies vielleicht nicht

Weihnachten ist wieder da

In diesem Jahr noch schneller

Wie immer ein quälendes "Blabla"

Mit Printen auf dem Weihnachtsteller

Feiertage mag ich nicht

Religion ist für mich irreal

In Rage bringen Sekten mich

Meinem Verstand bleibt keine Wahl

Sag ich die Wahrheit

Dann beschimpft ihr mich

Mit Moral und mit Ehrlichkeit

Doch dies glaube ich euch nicht

Alles nur Einzelfälle

Sagt ihr und tut geknickt

Ich sage: Ihr seid Kriminelle

Pfaffen haben unsere Kinder ....

Freunde

und

Feinde

Manchmal träum ich so schwer

Und dann hoff ich so sehr

Ich wünsch mir dann gar

Alles Wahre blieb wahr

So vergeht Jahr um Jahr

Und mir wird langsam klar

Dass nichts war

wie es scheint

all die Jahr

Einige - die mich so nicht mögen

Und die mich ändern wollen

Meinen ich solle leben

In anderen Rollen

Je älter ich werde

Umso mehr erkenne ich

Das Leben in einer Herde

Ist wohl kein Leben für MICH

Ziemlich viele beeindruckende Leute

Beeinflussen mein langes Leben

Sie begleiten es bis heute

Haben so viel gegeben

Bildeten den Verstand

Für mein Leben ein Segen

Ali – Einstein – Beatles – Brandt

Und Freunde - formten mein Leben

Menschen rasen durch mein Leben

Sie hinterlassen eine tiefe Spur

Erinnerungen bleiben kleben

Mal in Moll - mal in Dur

Andere bleiben lange

Tristesse ist die Methode

Und vor ihnen ist mir bange

Denn sie langweilen mich zu Tode

Ich bin so wie ich bin

Nie wollte ich anders sein

Ich fragte nie nach einem Sinn

Und suchte niemals nur den Schein

Manche mochten mich

Einige haben mich gehasst

Ein paar Menschen liebte ich

Alles in allem war es gut - - - fast

Du willst schon morgen

Mein ganzes Leben verändern

Mach dir darum nur keine Sorgen

Du darfst durch mein Leben mäandern

Was gut ist für MICH

Weißt du schon seit langem

Du kennst mich besser als ich

Für mein Leben bin ich zu befangen

Bekannte traf ich - die Freunde waren

Ich mag sie und sie sind sehr nett

Freunde waren wir vor Jahren

Kannten uns von 'A' bis 'Z'

Doch die Freundschaften

Die uns formten und lenkten

Wurden dann zu Bekanntschaften

Die Meinungen zuließen - beim Denken

Fünf Freunde gingen Essen

Fünf Freunde schon seit Jahren

Und sie wollten es niemals vergessen

Dass sie fünf Freunde fürs Leben waren

Es ist fürs Leben typisch

Wenn der Respekt zerbricht

Werden Freundschaften oft kritisch

Vier Freunde gehen rauchen – einer nicht

Er bejammerte die Sorgen

Und beklagte bitter sein Leid

Das Zetern blieb nicht verborgen

Und darum opferte ich ihm etwas Zeit

Was ich hörte war obskur

Und dazu war ich nicht bereit

Denn statt Kummer hörte ich nur

Lügen – Geschwätz und Selbstmitleid

Gerne lüde ich euch ein

Um zu feiern dass ich lebe

Würd gern euer Gastgeber sein

Und hielte dann eine kleine Rede

Alle die ich eingeladen

Hörten höflich heuchelnd zu

Für alle die gekommen waren

Redete ich - bis zur ewigen Ruh

Ich vermiss dich alter Freund

Der mich so früh verlassen musste

Wir haben gelebt und nichts versäumt

Ich spüre noch heute die großen Verluste

Freunde für fast 60 Jahre

Zu kaufen nicht mit Gut und Geld

Freunde ohne Freundschaftsanfrage

Ich sehne mich schon nach deiner Welt

So viele die sich Freunde nennen

Von denen ich so gerne wüsste

Wie soll ich sie erkennen

Wo ist die rote Liste

Liebe ist ein Gefühl

Freundschaft ein Wert

Manchmal bleibt nicht viel

Ohne dass es jemanden schert

Ich denk an all meine 'Titel'

'Besserwisser' fand ich noch fad

'Kotzbrocken' war auch so ein Kapitel

Und dann der 'Kamikaze auf dem Rad'

'Männliche Emanze' war es im Büro

'Dichter' der Spott in Kinderjahren

'Herr Duden' an der Lippe bei Willy & Co

Und heute 'Glatze mit den langen Haaren'

Ich sah Leute im Lokal

Die traf ich vor Jahren mal

Ich hatte sie als nett empfunden

Als freundlich und als sehr verbunden

Ich hab sie wohl irritiert

Mein Gruß – er wurde ignoriert

Einer meint ganz leis: "Das war

Der Kotzbrocken vom letzten Jahr"

Ich mochte ihn gerne

Und war froh ihn zu kennen

Reisen – Sport – Musik - Taverne

Ich war so stolz ihn Freund zu nennen

Beziehungen wachsen

Erfahrungen machen weiser

Heute mache ich bittere Faxen

Über die Blender und Beifallheischer

Wir sahen uns in die Augen

Und wir erkannten uns sofort

Wir lagen uns – ich kann's bezeugen

In den Armen – wie früher beim Sport

Viele Jahre sind vergangen

Berührungspunkte die erkalten

Jeder im eigenen Leben gefangen

Schön war es Dada im Arm zu halten

Ich hatte so sehr gehofft

Die Freunde bleiben zusammen

Ich glaubte sie trennen sich nicht

Und sie blieben voneinander gefangen

So liebenswerte Menschen

BEIDE habe ich sehr genossen

Zwei Liebende mit ihren Wünschen

Heiky und Tomby haben sich verlassen

Gestern noch dachte ich so für mich

Nette Menschen treffen wär gut

In meinem Kalender suchte ich

Doch die netten waren tot

Es wird im Alter schlimmer

Ich dachte: In Gottes Namen

Dann mach ich es eben wie immer

Also kommen die – die immer kamen

Manchmal ist es schlimm wie immer

Dann ertrage ich dich ganz gut

Manchmal ist es schlimmer

Und dann wird es Wut

Die Differenz ist groß

Und erschreckend für mich

Meist bin ich dann traurig bloß

Doch habe ich Wut - dann töte ich

NEIN – ich komme nicht einfach so

Nicht ohne vernünftigen Grund

Auch nicht wegen Familie & Co

Oder Freundschaftsbund

Treffen nur nach Termin

Erstaunen soll es nicht geben

Und weil ich heut großzügig bin

Streiche ich mich aus deinem Leben

Ein Freund sagte zu mir

Du bist verrückt sage ich dir

100 Songs schreibt man nur dann

Wenn man das Maul nicht halten kann

Ich habe gerade einen Lauf

Und setze da noch einen drauf

Noch viel verrückter ist es doch

2.000 Gedichte die schrieb ich noch

Wir sahen uns seit Jahren täglich

Redeten über Gott und die Welt

Nicht zu reden war unmöglich

Themen haben nie gefehlt

Seit einem Jahr vermisse ich dich

Ich habe einen Fehler gemacht

Das letzte Mal da habe ich

Laut über Putin gelacht

Ich denke so häufig an sie

An Menschen die ich mal liebte

Ich glaubte - das passiert mir nie

Dass ich Freunde nicht mehr spürte

Für immer - glaubte ich

Doch dann war das was kam

Und ich so wichtig hielt für mich

Nur kostbare Zeit die ich ihnen nahm

Ein Freund erklärte mir

Freundschaft hat den Sinn

Bin ich in Not und rufe nach dir

Dann kommst du – ganz egal wo ich bin

Aber - hielt ich dagegen

Was ist wenn ich dann bei dir

Merke – es wäre der Hilfe wegen

Besser gewesen von zu Haus – bei mir

Ich hatte mal einen Freund

Den besten wie mir jeder sagte

Wir waren wie zwei Brüder vereint

Eine Freundschaft die alles überragte

Ein Blick - vielleicht ein Wort

Wer kennt schon alle Ursachen

Ein Lebensgefühl war plötzlich fort

Wir verloren uns - und ich mein Lachen

Reisen haben wir gemacht

Obwohl wir es nicht mehr sollten

Und viel Zeit miteinander verbracht

Obwohl wir eigentlich nicht mehr wollten

Irgendwann wurde es Qual

Gemeinsamkeiten wurden rarer

Es wurde Pflicht - nicht mehr Wahl

Doch durch Corona wurde vieles klarer

Er rief wieder an

Der alte Kumpel Dennis

Das macht er dann und wann

Wir spielten viele Jahre Tennis

ER ruft mich an

Ich war niemals so frei

Manches Mal denk ich daran

Heb ich nicht ab – ist es vorbei

Menschen die mir sehr nahe sind

Von denen möchte ich wissen

Dass - wenn sie mir gesinnt

Sie nicht leiden müssen

Nie wären sie Ballast

Alles tät ich für sie geben

Niemals würden sie zur Last

Sie sollten lieben – lachen - leben

Junge

und

Alte

So viele Geburtstagstage

Sind seit der Geburt vergangen

Voll von Leben waren all diese Jahre

Durch Liebe – Leid – Verzicht – Verlangen

Siehst du auf dein Leben

Und du lächelst dann prompt

Dann bleib mutig - bleib verwegen

Sei neugierig auf das was noch kommt

Nichts ist mehr so wie ich es kannte

Nichts mehr so wie ich es gelernt

Nichts heißt wie ich es nannte

Nichts ist weit entfernt

Die Zeiten ändern sich

Alles wär entsetzlich schwer

Wenn für mich und auch für dich

Das Leben noch immer wie früher wär

Ich war kein Monster

Auch wenn Eltern es sagen

War nur ein Junge aus Münster

Der Mädchen liebte - ohne Fragen

Die Väter hassten mich

Ihr tiefer Zorn war Reflex

Keine Tochter fürchtete sich

Wir waren jung - wir liebten Sex

Was für Kinder der Kakao war

Das bist du für mich als Frau

Ob heiß - ob kalt - ob lau sogar

Ob hell - ob dunkel oder grau

Wohlwollen als mein Urgefühl

Wärme die ich ganz nah spüre

Ein Duft der mir als Kind gefiel

Als würde ich lieben in Kuvertüre

Manche meiner Träume

Sagen mir mit ihrer Macht

Träume sind nicht nur Schäume

Hör auf zu schlafen und gib Acht

Manche Träume zeigen

Einiges geht wohl nie vorbei

So viele Erinnerungen die bleiben

Vergangenheit gibt mich nicht frei

Könnte ich Erinnerungen

Aus meinem Leben streichen

So müsste diesen Veränderungen

Ein ganzer Lebensabschnitt weichen

Ich frage mich mitunter

Und ich würde gerne wissen

Geht die Kindheit morgen unter

Werde ich dann das Leid vermissen

Ein alter Mann läuft täglich

Der Arzt meint: Es sei möglich

Noch Jahre mehr zu leben – dann

Damit er noch mehr erleben kann

Er läuft nun weil er leben will

Sich Lebensqualität verspricht

Doch ist es um ihn seltsam still

Er läuft und läuft - und lebt nicht

Oh – alter Mann

Du musst achtgeben

Ziehst du deine Hose an

Dann geht es um dein Leben

Hebst du ein Bein

Dann Alter - gib Acht

Steht das andere Bein allein

Hat dies oft den Tod gebracht

Ich sehe am Nebentisch das alte Paar

Seine Hände streicheln die Wangen

Sie genießen was ist und war

Lieben sich seit langem

Selten sah ich zwei Alte

Ganz ohne sich zu schämen

Ihr Leben lieben und jede Falte

Sehnsüchtig weine ich bittere Tränen

Alles ist gut meine Süße

Es wird schon kleiner Fratz

Erst der Kopf später die Füße

Die Welt hat einen neuen Schatz

Gezeugt aus Körpersaft

Reingepresst in diese Welt

Blutig in das Leben geschafft

Ein süßes Kind – ein wahrer Held

Ich wage einen Rückblick

Auf mein schon langes Leben

Im Zorn blicke ich nicht zurück

Zu viel Gutes hat es mir gegeben

Ich suche die Erinnerung

Die mir das Beste gegeben

Und erkannte mit Befriedigung

Es waren die Lieben in meinem Leben

Ich erinnere mich an meine Zukunft

Fühl mich wieder jung an Jahren

Dann sagt mir die Vernunft

Du bist viel zu erfahren

Doch manchmal träume ich weiter

Spüre fast wieder junges Leben

Ich werd wohl nie gescheiter

Zukunft - ist vergeben

Nein - das ist nicht fair

Nun wo ich dies Leben kenne

Ist der Lebenszeit Akku fast leer

Ganz egal wie proaktiv ich auch renne

Junge – die gerade leben

Vom Leben keine Ahnung haben

Die ihre Meinung über jeden heben

Reden wie die Blinden von den Farben

Jugend wird verschwendet

An junge und dumme Menschen

Zu viel Zeit wird darauf verwendet

Nur weil sie besser zu leben wünschen

Alte opfern Zeit und Kraft

Jungsein gilt heute als Tugend

Doch hat Jungsein nichts geschafft

Sie wird an Junge vergeudet – die Jugend

Alt zu sein ist hart

Das sagen mir die Jungen

Wer heute überlebt sei smart

Uns Alten ist das längst gelungen

Wir feiern schon ab

Ihr müsst Wege suchen

Wir haben unser Leben gehabt

Ihr müsst die Zukunft noch buchen

75 werde ich bald

Wenn ich daran denke

Ist mein Leben ziemlich alt

Zu alt für Jubiläumsgeschenke

Ob ich feiern werde

Liegt ganz allein an mir

Das Leben ist mir eine Ehre

Ich feiere immer jetzt und hier

Manchmal denke ich Gedanken

Manchmal denken Gedanken mich

Manchmal lassen sie Welten wanken

Manchmal dann wanke sogar auch ich

Unsere Erde dreht nicht rund

Fast wie bei 'Hempels' geht es zu

Dann spottet so ein junger Spund

Die Bundesrepublik ist so alt wie du

Unstimmigkeiten mag ich

Und fruchtbare Diskussionen

Manche Freunde verletzen mich

Mit Dummheit in der Phrasen wohnen

Mit 'JaJa' resignier ich dann

Später dann mit 'NeinNeinNein'

Ich fühle mich wie ein alter Mann

Mir fehlt die Kraft – dagegen zu sein

Heute danke ich meiner Krankenkasse

Sie pflegt mich - hält mich gesund

Ich bin nicht Verhandlungsmasse

Auch kein normaler Schwund

Für mich sorgt meine Kasse

Sehr günstig und ohne Problem

Ich bin nicht einer aus der Masse

Das würde ich als Beamter doch sehn

Meine Residenz schrieb einen Brief

Um ihr Wohlwollen zu beteuern

Und in dem das Haus mir riet

Notfallbögen zu erneuern

Ein Brief mit FÜNF Seiten

Davon die Notfallbögen VIER

Es scheint Freude zu bereiten

Die Alten zu ersticken - mit Papier

Fremde Menschen die mich grüßen

Und bei meinem Namen nennen

Die so vieles von mir wissen

Scheinen mich zu kennen

Ich schaue wissend und vertraut

So - als würde ich sie erkennen

Trotzdem bin ich nicht bereit

Mich dement zu nennen

Manchmal stehe ich am Morgen auf

Und mein Körper fragt: Warum

Das ist nun mal der Tageslauf

Sag ich – und er: Wie dumm

Ich bin noch geschwächt von gestern

Meinte der Körper zum Verstand

Der Geist wollte schon lästern

Als die Demenz ihn fand

Sollte ich erwachen

Ist mein Tag gerettet

Sollte ich es nicht schaffen

Hat der Teufel mich gebettet

Nein - ich plane nicht

Wir Alten überleben nur

Sehen wir im Tunnel ein Licht

Dann ist es nur die Überlebensuhr

Ein weiterer Schritt

Auf dem Weg zum Verfall

Und es nimmt mich ziemlich mit

Für JEDEN aus Münster eine Qual

Mein alterndes Leben

Sagt nach all den Jahren

Eines wird es nicht mehr geben

Du wirst nie wieder Fahrradfahren

Ich sah heut eine Frau

So schön und gut gewachsen

Sie war jung – ihre Stimme rau

Und ich so alt und krumm die Haxen

Dann sprach sie mich an

Und meinte lächelnd: 'Hallo'

Das ist für einen so alten Mann

Fast ein 'One-night-stand' – oder so

So viel habe ich getan

Und immer wieder versucht

Wusste lange nicht was ich kann

Und habe so häufig danach gesucht

Nie habe ich es gefunden

Doch wurde es mir nie zu viel

Endlich habe ich nun verstanden

Nicht Finden – Suchen war das Ziel

Ein Tisch mit 11 Personen

Friede – Freude – Eierkuchen

Eine Familie – viele Generationen

Die nur nach Unterschieden suchen

Fast alle sagen sie: 'JA'

Und fast jeder meint: 'NEIN'

Zuzuhören - ist fast undenkbar

Nur ein kleines Kind will ehrlich sein

So vieles kann ich sehen

In Träumen wiedererkennen

Und das meiste davon war schön

Doch die Erinnerung wird es trennen

Falsch machte ich wenig

Darum hab ich auch gedacht

Meine Erinnerungen seien gnädig

Doch quälen die Fehler – jede Nacht

Familie

und

Nachbarn

25 schnelle Jahre

Vergangen wie im Fluge

So oft stand ich am Grabe

Auf der Suche nach deiner Liebe

25 lange Jahre

Nun zum letzten Mal

Steh ich an deinem Grabe

Heute vermisse ich meine Qual

Sie war mein Traum

Der Inhalt meines Lebens

Leben ohne sie war ohne Raum

All meine Versuche waren vergebens

Erinnerung und Tränen

Spiegeln Träume die ich hab

Vom Leben – Lieben und Sehnen

Und heute nehme ich ihr das Grab

Ich liebe Kinder

Darum wollte ich keine

Sie brauchen Lebenserfinder

Ich wollte mein Leben ganz alleine

Geschlagene Kinder

Werden prügelnde Eltern

Die Ängste - mehr oder minder

Lassen mich heute friedlich altern

Es gibt keinen Grund

Mit Kindern Essen zu gehen

Es ist nicht hilfreich oder gesund

Es sei denn man will sie weinen sehen

Sei bitte nicht so laut

Sitz endlich ruhig - sei still

Jetzt hast du dein Hemd versaut

Kind ist nur Kind wenn Familie es will

Wenn Mütter vergeben

Dann lauf um dein Leben

Dann mein Kind gib acht

Wollen Mütter die Macht

Ohne sie wird es Monster nicht geben

Der Vater hat mich kaum gesehen

Auf der Straße nicht erkannt

Gefühle kommen und gehen

Wir waren nur verwandt

Mutter - das Synonym für Verbot

Hat mich "mein Grab" genannt

Gewalt war alltägliches Brot

Wir waren nur verwandt

Lernen sollst du aus meinen Fehlern

Dann musst du sie nicht machen

Doch du vertraust Erzählern

Die Kompetenz belachen

Ich will dein Bestes nur

Du wirst mir dankbar sein

Helfen will ich – sei nicht stur

'Nein – DU willst nur Macht allein'

Anerkennung ist wichtig

Weil einiges dann erst zählt

Gute Dinge sind plötzlich nichtig

Nur weil ihnen Anerkennung fehlt

So viele haben die Wahl

Und wählen die Verhöhnung

Ergötzen sich noch an der Qual

Und an ihrer kreativen Entwöhnung

Die braven Kinder sind gefährlich

So unberechenbar und falsch

Niemals sind sie ehrlich

Und auf nichts stolz

Den braven Kindern trau ich nicht

Sie müssten mich beschimpfen

Aus evolutionärer Sicht

Gegen mich kämpfen

Mein kleines Mädchen

So mutig – so frei - so klug

Wir drehten an deinen Lebensrädchen

Für die kleine Kinderwelt war ich gut genug

Nun werde ich gemieden

Die Narben tun heute noch weh

Nie gab es Grund dich NICHT zu lieben

Nun kann ich keinen Grund DAFÜR mehr sehn

Manchmal wenn ich durch Regen gehe

Und mich freue an großen Pfützen

In die ich Kinder springen sehe

Die mit Regenwasser spritzen

Da kommen die Erinnerungen

An viele Spaziergänge im Regen

An Sonntagsanzug und Züchtigungen

Und Wunden die wir heut noch pflegen

Ich hatte sehr viel Glück

Musste mir nichts erarbeiten

Vom Kuchen ein zu großes Stück

Bekam ich – und genoss es beizeiten

Nichts im Leben war Mühe

Und ich benötigte niemals Mut

Große Sorgen ließen mich in Ruhe

NACH meiner Kindheit wurde alles gut

Weihnachten - das Fest der Freude

Erwartung wird unerfüllbar groß

Viele Menschen feiern heute

Und sind die Opfer bloß

Ich wundere mich sehr

Über ein Fest ohne Gehalt

Manchem wird es heute schwer

Zu viele feiern in häuslicher Gewalt

Ich hatte nie ein Ziel

Und Träume nur als Kind

Vom Leben wollte ich nicht viel

Nur wissen wo die Freiheiten sind

Träume wurden im Leben

Mit Gewalt mir ausgetrieben

Wie soll ich Leuten je vergeben

Die Kinder zwingen Pflichten zu lieben

Gebe ich mir etwas Mühe

Und strenge ich mich richtig an

Bin nett und freundlich in der Frühe

Manchmal gar ein dich liebender Mann

Pflegeleicht und steuerbar

Wär ich gerad richtig für DICH

Vielleicht wär die Liebe erneuerbar

Doch wäre ich so – wäre ich nicht ICH

Du weißt dass ich weiß dass es Lügen waren

Und trotzdem lügst Du mich weiter an

Deine Ehrlichkeit ist nur Gebaren

Du weißt wie es schaden kann

Nur um dein Leben zu pimpen

Lügst Du weiter und rücksichtslos

Manchmal will ich vor Scham versinken

Ich wünschte Du wärest eine Fremde bloß

Manchmal sehe ich sie noch

Denke mir: Wie konnte ich nur

Und dann erinnere ich mich doch

Wir hatten sehr gute Gründe dafür

Trennung war der Grund

Wir wurden beide verlassen

Und flüchteten in einen Ehebund

Um nicht einsam scheinen zu müssen

Du hast versprochen

Deine ewige Liebe zu mir

Den Schwur hast du gebrochen

Niemals gab es für uns ein "WIR"

Die Ehe wolltest DU

Nur für DEINEN Status

Ich war nur dein Mittel dazu

So schuldig wie "Pontius Pilatus"

Mein ganzes Leben war

Sport – Liebe und Schreiben

Sport machte einige Träume wahr

Und Liebe lehrte: Nichts wird bleiben

Meistens wurde es gut

Doch es blieben Turbulenzen

Was lange währt ist auch mal Wut

Schreiben hielt meine Wut in Grenzen

Ich denk an alle Toten

Die in meinem Leben weilten

Keine Träne hab ich mir verboten

Wenn sie tierisch mein Leben teilten

Mein Fisch lebte 30 Tage

Der Hamster dreimal so lang

Und Katzen halfen mir viele Jahre

Damit ich mich wieder zum Leben zwang

Manchmal schäme ich mich

Die Erinnerungen ziehen vorbei

Immer denke ich dann an DICH

Und an die Aussichten für uns Zwei

Wir wuchsen zusammen auf

Mit angeblich gleichen Chancen

Doch kam ich irgendwann darauf

Das Schicksal würfelt – in Nuancen

Erst kürzlich traf ich meinen Sohn

Und ich erkannte ihn nur schwer

Die Drogen besaßen ihn schon

Der Blick war tot und leer

Nie Vertrauter oder Vater

Nur ein Goldesel in seiner Not

Niemals verstand ich seine Marter

Ich hab nur versagt – doch er ist tot

Viele Familien seh ich

Ganz wenige sind gelassen

Und oft wirken sie so auf mich

Als könnten sie ihre Kinder hassen

Wird der Abend länger

Und ihre Kleinen ermüden

Wird auch der Frust geringer

Sie beginnen ihre Kinder zu lieben

Wie ich es verstehe

So halte ich für richtig

Das Fremdgehen in der Ehe

Ist oft nur als Symptom wichtig

Gegensätze ziehen an

Und Heteropaaren ist klar

Ändern soll sich nur der Mann

Die Frau soll bleiben wie sie war

Leben

und

Sterben

Heut besuch ich mit ein paar Leuten

Mein Lieblingsrestaurant am See

Was soll das wohl bedeuten

Meine Seele tut so weh

Ich höre nette Lügen

Alle sehen mich komisch an

Still bin ich und muss mich fügen

Und lächle im Sarg so lang ich kann

Seitdem ich zu alt bin für mein Leben

Und keine Zukunft auf mich wartet

Demenzen das Denken verkleben

Und die Verwesung startet

Denke ich manchmal zurück

Dann sehe ich euch in die Augen

Und lese in eurem gebrochenen Blick

"Zu viele sterben bevor sie was taugen"

Ich spüre es gerade sehr

Der linke Arm ist etwas schwer

Es verfehlt wohl weil ich schwitze

Die Hand den Weg zur Nasenspitze

Der Taumel letzte Woche

Der klare Blick den ich suche

All dies sind plötzlich neue Boten

Sie geleiten mich ins Reich der Toten

Sieben Tote in einem Quartal

Um mich herum wird alles lichter

In meinem Alter ist sterben normal

Doch es würfelt ein launischer Richter

Die Einschläge verdächtig nah

Es trifft Arme und auch Reiche

Und ich – ich glaube schon beinah

Ich spüre die Starre in meiner Leiche

Ist es vermessen

Wenn ich es klar sag

Ein verdorbenes Essen

Verdirbt den ganzen Tag

Nichts kann man tun

Außer kotzen und koten

Man kann nicht mal ruhen

Selbst ein Furz ist verboten

Weihnachten und ich

Mein atemloser Alptraum

Ein Dauerhusten erstickt mich

Körpersäfte verteilen sich im Raum

Schlaflos durch die Nacht

Die Lunge kämpft mit Schleim

Drei Nächte im Sitzen verbracht

Mit der Frage: 'Sein oder Nichtsein'

Gestern sah ich ihn noch

Wir hatten Spaß und lachten

Lang lebten wir unter einem Dach

Seit Jahren schon - oben im 'Achten'

Heut früh holten sie ihn ab

Sie trugen ihn auf einer Bahre

Später legten sie ihn in den Sarg

Zum ersten Mal gekämmt – die Haare

Gestern noch hat sie Pläne gemacht

Und strahlte mich lebensfroh an

Heut ist sie nicht aufgewacht

Das war nicht der Plan

Ich seh die Augen blitzen

Sie verfolgen mich im Traum

Eine Freundin lässt mich sitzen

Und verschwindet in Zeit und Raum

Ich vertraue dir

Mit einem Handschlag

Und du vertraust auch mir

Wenn ich in deine Hand schlag

Heute ohne Gewicht

Misstrauensvoll die Wege

Die Dinge ändern ihr Gesicht

Kein Vertrauen ohne Verträge

Ich dachte noch bis eben

Dass ich vom Leben alles weiß

Doch geht es nur ums Überleben

Dafür zahlt jeder fast jeden Preis

Heiterkeit und Qualität

Lebensfreude-Leidenschaft

Verdrängt durch Aggressivität

Der Jagd nach Geld und Superkraft

Die flotte Biene kommt

Sie riecht wohl den Alkohol

Denn wenn sie Aperol bekommt

Dann fühlt Bienchen sich erst wohl

Durch meine dichte Hand

Drängt Biene durch die Finger

Und stürzt in das Schlaraffenland

Lebt den Traum und stirbt für immer

Einige Gäste stellen sich dar

Man soll sie bewundern als Elite

Sie stellen dar was früher mal war

Überlegenheit und herablassende Güte

Böse Blicke zum Nebentisch

Drei lebhafte Kinder mit Mutter

Die Eliten speisen Kaviar mit Fisch

Wer nicht ist wie sie - wird ihr Futter

Jeder Tag beginnt im Bad

Dusche – Haarwäsche – Toilette

Creme – damit die Haut was hat

Und Zähne putzen für die Etikette

Croissant und Zeitung holen

Seit Jahren ist es so geblieben

Nur ab und zu denk ich verstohlen

Warum bleib ich nicht einfach liegen

Wenn Lebensfreude zur Routine wird

Wenn sie erstarren will in Ritualen

Wenn Sorglosigkeit uns verwirrt

Und Alter kennt nur Zahlen

Wenn alle Wünsche erfüllt

Wir vieles schon häufig erlebt

Wenn all deine Sehnsüchte gestillt

Dann ruhe sanft – dann hast du gelebt

Ich war auf IHREN Tod eingestellt

Doch nicht auf mein Überleben

Mit ihr endete meine Welt

Ich lebte ihretwegen

Geblieben ist die Leere

Nur das dumpfe Existieren

Eine alles erdrückende Schwere

Ich habe nichts mehr zu verlieren

Körper die einander finden

Und ihre Sehnsüchte erkennen

Die sich für immer dann verbinden

Und sich gern Seelenverwandte nennen

Können sterben ohne Sinn

Anfangs ist dann groß die Not

Aber tot zu sein ist nicht schlimm

Ich bin seit vielen Jahren schon tot

Sie reden sehr laut

Wohl mit fremden Wesen

Jung sind sie und sehr erstaunt

Über Vermutungen und Hypothesen

Aliens kann ich sehen

Alle haben Stöpsel im Ohr

Unsichtbare die sie verstehen

Vielleicht wohnen sie in einem Labor

Hunde kacken ins Lokal

Ich habe es selber erlebt

Gruppen feiern in großer Zahl

Männer grölen bis die Kneipe bebt

All das scheint noch O.K.

Nur eines geht hier zu weit

Gnade der Mutter oh weh oh weh

Mit einem kleinen Kind - das schreit

Manchmal bin ich prollig

Doch meistens ziemlich nett

Manchmal bin ich etwas füllig

Und meistens viel zu faul im Bett

Für mich ist das normal

Ich leb mit meinen Fehlern

Manche verspotten mich verbal

Geschmückt - mit meinen Federn

Ich brauche Freiheiten um zu leben

Und keine Genehmigungen dafür

Freiheit ist nicht zu vergeben

Grenze ist die Freiheit nur

Ich brauch nicht LGBTQ

Doch wärest DU betroffen

Wäre ich gerne so mutig wie du

Und auch für Freiheitskämpfe offen

Manchmal bin ich riesig

Dann wieder zwergenhaft

Mal ist meine Stimmung krisig

Dann wieder ist sie heldenhaft

Es ist so wie es ist

Häufig nicht zu steuern

Schicksal ist mal ein Biest

Mal kann es das Leben erneuern

Ein alter Mann am Nebentisch

Er studiert die Speisenkarte

Häufig hör ich ein "Zisch"

Was die Laune störte

Dies Geräusch aus hohlem Zahn

Er vergaß wohl ihn zu pflegen

Treibt mich in den Wahn

Töten ist mein Streben

Manche Träume nerven

Vergangenes ist nie vorbei

Und Schatten die sie werfen

Sagen - du bist nie wirklich frei

Wachen oder Träumen

Realitäten verschwimmen

Gefangen in virtuellen Räumen

Können Träume uns verschlingen

Manchmal rede ich mit mir

Manchmal streite ich sogar

Und ich schäme mich dafür

Wenn es etwas lauter war

Zweite Meinungen sind gut

Und kein Zeichen von Manie

Nur eins bringt mich in Wut

Beim Schach gewinne ich nie

Manchmal träum ich noch von Dingen

Die ich längst vergessen glaubte

Gedanken die in mir ringen

Lieben das Unerlaubte

Alpträume sagen mir:

'Komm mir nicht mit Logik

Dann und wann da zeig ich dir

Die tiefen Abgründe deiner Tragik'

Herbstsonne strahlt mir ins Gesicht

Im September auf meinem Rad

Tiefstehend trifft sie mich

Und schießt mich ab

Geblendet beginne ich zu fliegen

Und sehe nicht einmal wohin

Naturgewaltige Intrigen

Rad und Zähne - hin

Ein Verzweifelter - zum Suizid entschlossen

Braucht Helfer - die eine Ausbildung genossen

Zwölf Polizisten lösen dies Problem

In putativer Notwehr und souverän

Wird ein verzweifelter Mensch - erschossen

Den Toten ist es egal

Was wir von ihnen denken

Nur Lebende haben die Wahl

Auf wen sie ihre Gedanken lenken

Opfern die wir morden

Niederträchtig und gemein

Verleihen wir posthum Orden

Um dann wieder menschlich zu sein

Hier unter Reben und Trauben

Kann ich entspannen und genießen

Leben - kann ich mir hier erlauben

Glückstränen werde ich hier vergießen

Hier sitze ich und schreibe vom Glück

Weiß - wie Menschen sich zerreiben

Sollte ich in ein Paradies zurück

Niemals - ich würde bleiben

Zwei Jahre lebe ich nun hier

Bereut hab ich es bis heute nicht

Immer noch pocht das Leben in mir

Immer noch stehe ich gerne im Licht

Wenn ich mal den Spaß verlier

Und mich vor dem Leben fürchte

Dann hoff ich gönnt das Leben mir

Einen Abgang – so wie ich ihn möchte

In all meinen Träumen

Und manchmal unverhofft

Da scheinst du zu erscheinen

Beinahe so als wenn jemand ruft

Ich hör deine Stimme

Obwohl ich nichts versteh

All die Träume in der Summe

Sind Filme die ich tagtäglich sehe

Ich höre alte Lieder

Mit ihnen wuchs ich auf

Sie bringen gefühltes wieder

Unsterblichkeiten im Lebenslauf

Diese alten Lieder

Sind fast ein Leben her

Gefühl betrügt immer wieder

Erinnerung macht Leben schwer

Sehr kurz der Rock

Und schwarze Strümpfe

Auf geile Blicke hat sie Bock

Mal eine Lolita – mal eine Nymphe

Endlos lang die Beine

Etwas praller als perfekt

Denn Perfektion ist Langeweile

Sie liebt ihr Leben als Lustobjekt

Vor nun beinah schon sechzig Jahren

Verliebtheit war für uns wie Liebe

Wurden Gefühle neu erfahren

Es waren nicht nur Triebe

Meine erste Liebe 'Marlis'

Ich denke gern an sie zurück

Wir liebten ein Jahr im Paradies

In meinem Leben - das erste Glück

Liebe

und

Hass

Ein Freund fragt mich

'Kannst du Menschen hassen'

Ich sag 'NEIN ich kann es nicht

Das würde auch zu mir nicht passen'

'Auch die Nazis nicht'

Ich sage 'Das ist eine Falle

Nach Menschen fragtest du mich

Die Nazis – JA - die hasse ich ALLE'

Es leben noch Opfer der Nazi-Zeit

Doch Untermenschen gibt es wieder

Herrenmenschen - zum Töten bereit

Singen den Politikern Todes-Lieder

Deutsches Wesen ist wieder befreit

Durch die Klugheit der Herrenrassen

Ist die Überlegenheit wieder so weit

Die Andersdenkenden darf man hassen

Dass beim Sex die Kerle kommen

Nehmen sie wichtig die Männer

Sie sollten LIEBEN können

Frauen brauchen Könner

Ihre Körper sehnen sich

Ich begleite ihre Phantasie

Ob ICH komme - ist unwichtig

Ich genieße nie mich - sondern SIE

Nie werd ich Heteros verstehen

Die hasserfüllt auf Schwule sehen

Denn Homos seien gegen die Normen

Und man müsse sie zu Heteros formen

Für mich gibt es nur den Aspekt

Vielleicht ist es auch nicht korrekt

Ich denk wenn alle Kerle sich lieben

Sind meine Konkurrenten ausgeschieden

Ich seh dich heute an

Wenn auch nicht so gerne

Ich weiß – ich sagte irgendwann

Deine Augen sind schön wie Sterne

Ich war nach dir verrückt

Sinne wollten alles glauben

Dein Body hatte mich entzückt

Doch nie sah ich dir in die Augen

Wir trafen uns zwischen den Jahren

Und liebten uns nur sieben Tage

So habe ich Liebe erfahren

Viel mehr als ich ertrage

Ich hänge Träumen nach

So unerreichbar und so schön

Alle schönen Beziehungen danach

Sie bleiben nur sieben Tage bestehen

Ich bin der der Essen bringt

Ich bin der Typ der dich bedient

Du bist der Typ der nach mir winkt

Und der mich manchmal auch verhöhnt

Ich sage nur: Sei auf der Hut

Denk daran - ich bin vom Fach

Und jedem der mir was Böses tut

Dem "würze" ich gerne sein Essen nach

Mir ist völlig scheißegal

Ob du riechst wie Knoblauch

Und hier lebst oder im Senegal

Sogar wenn du die BILD liest - auch

Ob nackt oder im Sack

Leicht- oder Schwergewicht

Egal ob Nachts oder am Tag

Wichtig ist – wir treffen uns nicht

Manche trafen mich mit ihrer Liebe

Andere bewarfen mich mit Hass

Ab und zu waren es Triebe

Viel zu viele blieben blass

Alle änderten mein Leben

Einige laut und andere leise

Die Menschen nehmen und geben

Jeder auf seine ganz eigene Weise

Die Fetzen fliegen

An meinem Nebentisch

Paare - die sich bekriegen

Manches wirkt fast pathologisch

Es ist kein Streit

Der wäre zu schlichten

Mein Leben weiß Bescheid

Es sind Reizworte mit Gewichten

Sehnsüchtig ruft mein Herz nach dir

Es schmachtet schon seit Stunden

Blicke - die du schenktest mir

Haben mein Herz gefunden

Wahre Liebe findet sich

Zwischenmenschlich - filigrane

Aus tiefstem Herzen nur für dich

Schreib ich ab heute - Kitschromane

Mariechen aus dem Odenwald

Fühlt sich mit 60 ziemlich alt

Und auch ihr Mann mit 70

Ist nicht mehr hitzig

Sie planen in der Not

Den sexuellen Liebestot

Und darum sind im Odenwald

Die Muschis und die Hoden kalt

So viele freundliche Leute

In meinem Lokal wieder heute

Sie lächeln – manche lachen sogar

Jeder ist auf eigene Art wunderbar

Diese Zeiten genieße ich

Wie Freunde grüßen sie mich

Die paar Idioten die nur hassen

Werden nicht in mein Leben gelassen

Der Frühling mit all seiner Kraft

Macht alle Bäume blickdicht

Das Leben steht im Saft

Und drängt zum Licht

Die menschliche Natur

Fühlt ihn nicht - den Drang

Und verspürt Abneigung nur

Hass regiert schon viel zu lang

Ja - ich lebte einfach so vor mich hin

Alles war in Ordnung – Tag für Tag

Ohne Plan - ohne tieferen Sinn

So wie ICH gern leben mag

Ohne Risiko und ohne Mut

Vielleicht ein bisschen zu lahm

Damit mir auch keiner mehr wehtut

Alles war gut - am Tag bevor SIE kam

Ich hab schon einen Plan für mich

Der braucht ein bisschen Mut

Wäre er auch gut für dich

Wär der Plan nicht gut

Er rät mir zur Flucht

Und ich soll dich verlassen

Lang hab ich den Weg gesucht

Zu gehen - ohne dich zu hassen

Ich sei zu freundlich zu deiner Frau

Brächte sie zu oft zum Lachen

Sagst du mir und weißt genau

Sie liebt schöne Sachen

Du denkst wir mögen uns

Und glaubst wir gehen ins Bett

Doch wir sind nicht Hinz und Kunz

Auch ohne Bett - ist Sex ganz nett

Wenn die Musik Probleme nimmt

Und du tanzt wie fremdbestimmt

Wenn Melodien dich berauschen

Wie Pubertierende die lauschen

Dann spürst du wie Lust beginnt

Manchmal liege ich zu lange wach

Bis mich endlich Schlaf erlöst

Denk über mein Leben nach

Bis ich dann eingedöst

Träume erleb ich dann

Alles würde ich so lassen

Doch bin ich sicher: Ab und an

Gibt es Menschen die mich hassen

Das Kinderheim "Marienfeld"

War niemals ein Heim für Kinder

Es war für Kinder eine Nonnen-Welt

Mit den Schwestern als Kinder-Schinder

In den Fäkalien zu schlafen

Oder die eigene Kotze zu essen

War Alltag und niemals zu schaffen

So lernen die Kinder-Herzen zu hassen

Einige werden zur Karikatur

Es sind die vielen Besserwisser

Es sind so Typen wie Dieter Nuhr

Sie verstehen diese Welt viel besser

Es wird pauschal geurteilt

Herabgewürdigt und gemobbt

Dreck wird über Menschen verteilt

Meinungsterror wird niemals gestoppt

Was ist nur mit meiner Brunhilde los

Sie ist heute so zahm - die Wilde

Ich wünschte mir sie wäre bloß

Noch meine wilde Brunhilde

Heute träume ich von ihr

Ich mochte diese grobe Art

Doch sie will nichts mehr von mir

Die wilde Brunhilde will es heut zart

So oft fragte ich mich

Weil die anderen nur lügen

Darf denn wohl so einer wie ich

So eine wie dich für immer lieben

Eure Moral sagt dazu

Liebe ist nicht immer rein

Meine Liebste – was meinst du

Kann unsere Liebe denn Sünde sein

Sie liebte mich nie

Die Liebe meines Lebens

Das war in meiner Phantasie

Auch nie ein Teil meines Strebens

Mein Traum siegte

Und Liebe gab es satt

Fragt nicht ob ich genügte

Sie kalkulierte was sie an mir hat

Du bist keine Domina

Nur unerträglich dominant

Damit kam ich noch nie klar

Mit Herrschaft ohne Lustgewand

Du bist Boss und Baas

Sternzeichen Einbahnstraße

Ein Überraschungsei aus Glas

Kuscheln mit dir – DAS wär klasse

Du kommst näher um zu küssen

Ich hab Angst vor den Ergüssen

Du speichelst mich voll

Und das findest du toll

Ich werd dich verlassen müssen

Welt

und

Umwelt

Ich glaubte als Kind

Alle Menschen seien gut

Bis wir hineingewachsen sind

In eine Generation voll von Wut

Die nächste Phase war

Bequem konsumiertes Leben

Heut ist der Lebenssinn mir klar

Es geht um Spaß haben - und geben

Geboren in der 'Weimarer Republik'

Wäre aus mir ein Nazi geworden

Nicht ausgebildet in 'Kritik'

Als 'Azubi' beim Morden

Hätte ich es durchschaut

Wüchse mir keine Heldenbrust

Doch niemals hätt ich mir erlaubt

Zu sagen: "Wir haben nichts gewusst"

Seit Adenauer wurden Nazis geschützt

Nazi-Juristen verfolgten Nazis

Opfern hat es nie genützt

Unschuld war die Basis

Ob Christen oder Sozis

Böse waren die 'Linken' nur

Sie blieben mächtig – die Nazis

Unsere Lüge heißt: Erinnerungskultur

Im zwölfjährigen Reich

Lebten nur Nazis und Opfer

Die Uniformierten waren gleich

Die Opfer trugen Sterne und Koffer

Ich hasse Nazi-Ärsche

Und die reine Arier-Rasse

Laut stampft sie ihre Märsche

Die elende Brut aus brauner Masse

Den Frieden wollte ich nur

Mehr hab ich niemals verlangt

Nur ein Leben - mal Moll - mal Dur

Ich hab nicht um den Frieden gebangt

Mir hat's an nichts gefehlt

Es machte mich fast benommen

Ein Leben in einer friedlichen Welt

Jetzt - habe ich einen Krieg bekommen

Gute Wünsche – schwere Waffen

Mit großem Profit ins Kriegsgebiet

Wir hoffen dass man beim Beschaffen

Deutschland als Kriegspartei nicht sieht

Moralisch immer die erste Wahl

Wissen wir natürlich was richtig ist

Die im Osten haben doch keine Moral

Wir im Westen haben es immer gewusst

Wir sind Kriegspartei geworden

Beteiligt an einer Metzelei

An Folterung und Morden

Wir sind wieder dabei

Es gibt gute Gründe

Wir wollen nur Frieden

Nichtstun wäre eine Sünde

Die tödliche Moral ist geblieben

Kriegswaffen für die Ukraine

Die meisten Menschen sagen 'JA'

Manche sind auf einer anderen Linie

Wir wissen 'DANACH' was richtig war

Niemand wollte diesen Krieg

Wir alle wollen nur den Frieden

Und streiten über den rechten Weg

Wir verletzen uns in Meinungskriegen

Alkohol ist ein Problem

Wenn eine Krise dahin führt

Doch keiner will Konflikte sehn

Und jeder glaubt dass er es spürt

Die Droge bettet sich

Ganz tief in dein Gehirn

Und dadurch belohnt sie dich

Macht dich zu ihrem 'Dreigestirn'

Psychotherapie hat keine Lösung

Mit deiner Hilfe zeigt sie nur

Was du für die Genesung

Erkennen musst an dir

Eingefahrenes Verhalten

Und negative Erlebensmuster

Sind neu und positiv zu gestalten

Therapie macht es nur bewusster

Seit fünfzig Jahren

Kaufe ich jährlich 'BILD'

Um wieder neu zu erfahren

Ob mein altes Vorurteil noch gilt

Ich teste jedes Jahr

Ist 'BILD' ein Lügenblatt

Leider fand seit Axel-Cäsar

Noch keine Verbesserung statt

Ich lese ein gutes Buch

Es wurde überall empfohlen

Und wenn ich Unterhaltung such

Muss Phantasie sich Futter holen

Ich sehe Unterschiede

Die auch jeder Leser fühlt

Ganz wichtig ist bei der Akquise

Ob es SPIEGEL oder BILD empfiehlt

Ich gehe um den Aasee

Und meistens lächle ich dann

Alles was ich da fühl und da seh

Ist Heimat – schon ein Leben lang

Münster – ist meine Stadt

Ist mein Leben - meine Welt

Hab ich Zweifel oder ist mir fad

Dann denke ich einfach an Bielefeld

Wir ändern moralisch gerecht

Den Namen unsrer Uni in Münster

Kaiser Wilhelm gilt heute als schlecht

Als Judenfeind und als Rassistenmonster

Ich mag zeitlichen Wandel

Und hasse alle Formen von Hass

Doch es gibt den moralischen Handel

Für 'Martin Luther' gilt ein anderes Maß

Jede Bewegung ist schwer und tut weh

Auch wenn ich nur Spucke schlucke

Die Beine zittern wenn ich steh

Covid-19 ist eine Zicke

Körper - schwer wie Blei

Schlafen soll Erholung bringen

Die Schmerzen ruhen nicht dabei

Corona lässt dich im Schweiß ertrinken

Corona hat mich verändert

Ich bin viel distanzierter heute

Und ich spüre es etwas verwundert

Ich gehe nicht mehr so gern unter Leute

Die kleine Wirkung bei mir

Sie stört nur mehr oder minder

Die große Wirkung - heute und hier

Die Evolution - sie frisst unsere Kinder

Mein Lokal das lieb ich sehr

Nur - komm ich morgen wieder her

Bin ich derselbe Mensch nicht mehr

So wie der Fluss - der sich ergießt

Und täglich hier vorüber fließt

Niemals mehr derselbe ist

Morgen – wenn ich kann

Tue ich was ich immer tue

Ich gehe in mein Restaurant

Esse und trinke - ganz in Ruhe

Beobachte alle Leute

Gäste kommen und gehen

Tu was ich tue – auch heute

Schreib über alles was ich sehe

Weil sie nichts haben - wir nichts geben

Verhungern Millionen auf dieser Welt

Wir gewinnen wenn sie nicht leben

Sterben ist ein Wert der zählt

Wenn arme Menschen sterben

Macht es Reiche noch Mächtiger

Wenn auch Arme überleben werden

Dann wäre unser Leben mittelprächtiger

Gestern dachte ich: Ich Armer

Heut ist die ganze Welt gegen mich

Da meint ein Kluger und Aufmerksamer

Die Welt interessiert sich nicht für dich

Ist deine Welt nicht gut genug

Dann sollte es dir schlechter gehen

Denn das hat – statistisch – den Vorzug

Der Welt geht es besser – relativ gesehen

Ich lebe mit ganz vielen Vorurteilen

Ihr sagt: Das soll man nicht mehr

Das Urteil will ich nicht teilen

Leben ohne ist zu schwer

Vorverurteilung ist schlecht

Doch das Vorurteil bleibt wahr

Weil ich zu gerne glauben möcht

Die Sonne ist auch morgen wieder da

Ich sehe in die Wolken

Und phantasiere ihre Bilder

Nur ganz kurz - bis sie verwelken

Mal sind sie zart – mal sind sie wilder

Mal erkenne ich ein Tier

Mal Länder oder ihre Grenzen

Manchmal da denk ich still bei mir

Gern würde ich die Paranoia schwänzen

Schuld hat nicht Katar

Es tut was es immer tat

Grundrechte werden nicht wahr

Durch einen humanitären Standard

Du kennst die Sünder

Menschenrechte sind egal

FIFA - dieses Gelddruckwunder

Verkauft den Fußball und die Moral

FIFA ist kein Sozialamt

Fußball ist Kapitalismus pur

Funktionäre reden von Anstand

Für ein moralisches Feigenblatt nur

Fans fordern Fairness

Und das mit roher Gewalt

Eine verlogene Welt im Dress

Mit Macht und Gewinn als Inhalt

Ich sitze am Stammtisch

Sehe Feuer - das bunt kracht

Da draußen ist es kalt und frisch

Man feiert das 'Neue Jahr' heut Nacht

Die Jahre vergehen schneller

Jahreswechsel ändern sich nicht

Nur Raketen und Knaller und Böller

Die Zeit ist reif - für einen Verzicht

Einige rauchen beim Essen

Vorspeise-Hauptgang-Dessert

Sie haben den Anstand vergessen

So - als ob es keine Belästigung wär

Sie verbreiten ihre Gifte

So - als würde es nicht stören

Lächelnd in nachbarliche Gesichte

Rauchen ist asozial könnt ich schwören

Lisa spielt mit ihrem Hund

Auf den Wiesen und den Feldern

Und ihr Hund lief aus gutem Grund

Zum Spielen in seine Welt der Wälder

Ein Jäger schoss mit Schrot

Auf Lisas Hund – und traf famos

Der Schießbefehl geschah aus Not

Denn Lisas Hund – er war "Herrenlos"

Heut bin ich ein Verbrecher

Gestern war ich es noch nicht

Ich wurde zum Gesetzesbrecher

Ganz ohne Schuld - aus meiner Sicht

Gestern war alles noch gut

Ich gab auf die Gesetze Acht

Heute hat mich die Politikerbrut

Per Gesetz zum Terroristen gemacht

Heut ist wieder Zahnarzttag

Er lässt mich 1000 Tode sterben

Der Tag den ich partout nicht mag

Er ist für mich eine Hölle auf Erden

Dann bin ich das kleine Kind

Das wieder in den Bohrer beißt

Der tief – da wo Schmerzen sind

Ohne Gnade an meinen Nerven reißt

Da lacht der Liverpooler

Wenn der Londoner erzählt

'Rolling Stones' sind Rock'n'Roller

Auch wenn ihn diese Meinung quält

Gelder im Steuerparadies

Leben im Wolkenkuckucksheim

Wer so die Wirklichkeit verließ

Kann nie Rock'n'Roller gewesen sein

Wie Männlein und Weiblein agieren

Ist sehr häufig nicht sehr gut

Nach stimulierenden Bieren

Steigt männlicher Mut

Viele Kerle fühlen dann

Alkohol bringt sie in Form

Doch Männer denken nie daran

Belästigung ist eine männliche Norm

An manchen Tagen spür ich

Diese Welt mit all den Lasten

Ich glaub – sie überfordert mich

Sie lässt mir wenig Zeit zu rasten

Ich spür an anderen Tagen

Diese Welt mit allem Schönen

Lässt mich alles tun und wagen

Und will mich täglich neu verwöhnen

Sommer- oder Winterzeit

Der Grund ist nicht zu fassen

Zweimal im Jahr bin ich bereit

Mich überglücklich machen zu lassen

Ich sehe meinen Uhren zu

Funkwellen haben übernommen

Die anderen stell ich selbst im Nu

Um dann vor lauter Glück zu kommen

Der Autofahrer der alles weiß

Gibt auf Gesetze einen Scheiß

Vorschriften sind blöde

Und Rücksichtnahme öde

Er stirbt dafür – das ist der Preis

Dies

und

Das

Es ist jedes Jahr das Gleiche

Und wiederholt sich so viele Male

Das Leben spielt uns seine Streiche

Mal ist man oben – mal ist man im Tale

Chancen kommen nicht zurück

Nur selten werden Wünsche wahr

Trau dir selbst und nicht dem Glück

DEIN neues Jahr - ist nur für DICH da

Wer schreibt der bleibt

Das sagt mir der Volksmund

Schreiben wie man lebt und leibt

So schreibt man sich die Finger wund

Ich bastele mir ein Buch

Und mache Pause in der Lage

In der ich Dichtungs-Dinge such

Doch komme ich wieder – keine Frage

Er wär sehr gern Camillas Tampon

Wünschte sich von ihr der Prinz

Royale Skandale in London

Gespött in der Provinz

Respekt gab es nur wenig

Für ihn und die Rottweilerin

Doch nun ist der Tampon König

Und sein Rottweiler wurde Königin

Die Weihnachtsfeier war wie immer

Gelacht – Gefressen – Gesoffen

Leere Büros und leere Zimmer

Wie immer für jeden offen

Warum war es nur so laut

Hab keinen blassen Schimmer

Ich sah sehr viel nackte Haut

Die Weihnachtsfeier war wie immer

Wer einmal lügt dem glaubt man nicht

Auch wenn er die Wahrheit spricht

Was lange währt wird endlich gut

Nur der Ton macht die Musik

Aller guten Dinge sind DREI

Viele Köche verderben den Brei

Und Geben ist seliger denn Nehmen

Dumme Sprüche helfen bei Problemen

Gestern an einem Nebentisch

Familientreffen mit zwölf Leuten

Nur Erwachsene zum Glück für mich

Die Alphatiere versammeln ihre Meuten

Lärm und Streit erwartete ich

Sich laut übertönende Wichtigkeit

Doch dieses Rudel überraschte mich

Gespannt hörte ich zu – die ganze Zeit

Die Steuern soll ich machen

Der Termin ist schon ganz nah

Ich hasse diese Amtsansprachen

Meine Belege sind längst schon da

Die Belege hat auch das Amt

Zur selben Zeit wie ich zu Haus

Ich denk jedes Jahr: Verdammt

Schickt den Bescheid einfach raus

Hoch oben aus dem achten Stock

Sah ich das Allerliebste fallen

Es lähmte mich der Schock

Die Sinne litten Qualen

Und als ich dann den Aufprall sah

Wusste ich – dies ist das Ende

Nie ging ein Ende mir so nah

Wie das von meinem Handy

Drei Uhr letzte Nacht

Die Fahrt ging nach Siegen

Und rechtzeitig wurde ich wach

Um pünktlich diesen Zug zu kriegen

Nach zwei Reisestunden

Stieg ich um und fuhr heim

Zu deutlich hatte ich empfunden

Ich hab keine Lust in Siegen zu sein

In meinem langen Leben

Zwischen schlank und dick

Hat es schwere Zeiten gegeben

An leichte denke ich gerne zurück

Du sagst mir - 'Verlorene Zeiten'

Ich sage – 'So bin ich geboren

Und bei all meinem Scheitern

Hab ich 1000 Kilo verloren'

Mein neuer Doc ist eine Frau

Und heute lernte ich sie kennen

Ich vertrau nun ihrem 'Know-how'

Und denke - es wird schon stimmen

Wir machten einen Vertrag

Ich habe für sie die Probleme

Das ist zum Deal mein Beitrag

Probleme zu lösen ist ihre Domäne

Meine Podologin ist ein Phänomen

Meine sportgeschundenen Füße

Machte sie wunderschön

Wie ich das genieße

Sie rettete mir gestern das Leben

Und dafür ging sie sogar fremd

Einen Splitter zog sie eben

Flott aus meiner Hand

Gestern sah ich einen Film

Und war begeistert wie immer

Pferde - Kugeln – Cowboys - Qualm

Und schöne und starke Frauenzimmer

Wo die Eisenbahnen fahren

Da werden Bahnhöfe blutig rot

Auch nach fünfundfünfzig Jahren

Mag ich: "Spiel mir das Lied vom Tod"

Viele gehen in Konzerte

Denken an alte Zeiten zurück

Träumen wieder die alten Werte

Vom alten Leben ein winziges Stück

So viele die sich sehnen

Mit Freude und Liebe im Blick

Und bei 'Macca' hab ich gesehen

Dass die Menschen weinen vor Glück

Ich hab ein Abo im Lokal

Was ich auch trinke oder esse

Das zahl ich ganz bequem pauschal

Es macht nichts wenn ich Geld vergesse

Und nun der nächste Deal

Ich zahl schon wenn ich komme

Und bleib dann hier so lang ich will

Es lohnt sich für beide in der Summe

Gäste sprechen mich an

Und weil ich öfter hier bin

Sagen diese Gäste mir dann

Dass sie mich als Mobiliar sehn

Ich sagte es dem Wirt

Und mein Wirt ist clever

Sofort erkannte er den Wert

Drum esse ich für lau - forever

Ich sitze oft alleine

In meinem Lieblingslokal

Bin manchmal da und träume

Gedanken fantasieren in Überzahl

Dann bilden sich im Hirn

Ideengeber - Gedankenleser

Geschieht es kann viel passieren

Vielleicht sogar ein Text wie dieser

Luisa ich sehe dich

Und meine miese Laune

Ändert sich sofort für mich

Durch dein Strahlen ganz alleine

Luisa ich höre dich

Und ich hör dein Lachen

Und wir wissen – du und ich

Es wird das Leben besser machen

Ein G7-Gipfel in Münster

Presse – Politik – Autoschlangen

Autofahrer im Stau sind Monster

Sie hupen um ihr Recht zu verlangen

Einer hupte ziemlich laut

Hinter einem Blaulicht-Wagen

Erst hat die Polizei dumm geschaut

Um dann 'Verkehrskontrolle' zu sagen

Kein vernunftbegabter Mann

Macht Witze über Ricarda Lang

Nicht mal der Xavier und die Nena

Spotten noch über Baerbocks Annalena

Kerle die überheblich lachen

Sich über Frauen lustig machen

Sind Gestrige - die nicht kapieren

Männer können sich selbst kastrieren

'Bettman' kommt zu mir

Er berät mich und verkauft

Mein neues Bett eruieren wir

Das alte Bett ist fast verbraucht

Ich will es sehr bequem

Voll elektrisch einzustellen

Und dazu noch gut anzusehen

Kann ich wohl auf 'Bettman' zählen

Ich hab ein neues Bett

Das letzte in meinem Leben

Motoren bewegen mein Skelett

Ich erwarte nächtliches Schweben

Mit spannenden Träumen

Im fernbedienten Luxus-Bett

Munter den Tag nicht versäumen

Und ausgeschlafen bin ich fast nett

Mein Bücher - Verlag

Kündigt meinen Vertrag

Aus Gründen ihrer Moral

Bliebe ihm heut keine Wahl

Die hohen moralischen Hürden

Halten diesen Verlag in Würden

Drei Bücher von mir im selben Stil

Das vierte Buch - ein Tropfen zu viel

Die Meinungsfreiheit ist ein hohes Gut

Die Schere im Kopf bringt MICH in Wut

Gleichschaltung ist fast schon zu erkennen

Und ich rieche schon wieder Bücher brennen

Schreib ich ein neues Buch

Muss ich an die Kritiken denken

Doch weil ich gern Diskussionen such

Beachte ich keine die mich nur kränken

Manche Kritiker erzählen

Aus ihrem Leben - ihren Werken

Ich denke während sie mich quälen

Was mich nicht tötet wird mich stärken

Manche Leute fragen

'Warum schreibst du so viel'

Dazu kann ich nicht viel sagen

Ich schreibe grundlos – ohne Ziel

'Ist es poetische Magie

Oder ist es Sucht für dich'

Ich weiß nur das – es endet nie

Schreib ich nicht - dann sterbe ich

Reime sind für manche Leute

Reisen in eine andere Welt

So als wären Verse heute

Ein abenteuerliches Feld

Abenteuer sind es nicht

Nur ein genormtes Denken

Es ist die etwas andre Sicht

Die sich nur Dichter schenken

Manchmal da schreib ich weil ich muss

Und manchmal auch weil ich es kann

Manchmal schreib ich aus Verdruss

Auch aus Freude dann und wann

Und manchmal da verzweifele ich

Mein Verstand spricht nicht mit mir

Dann erreicht er mich einfach nicht

Tränen füllen mein weißes Blatt Papier

Oft kämpf ich um ein Wort

Und quäle mich an einem Satz

Nur ein Wort am falschen Ort

Mein ganzer Text ist für die Katz

Ich wollte nur schreiben

Als Kind und heut als Mann

Eine Grenze lässt mich leiden

Ich kann es nur – so gut ich kann

Ich mag die Fußball-Bundesliga

Nur keine Funktionärs-Idioten

Die Bundeliga-Spieler-Erzieher

Haben alle Emotionen verboten

Einen Ball wegtreten aus Frust

Oder ein Trikot lüften aus Spaß

Weckt beim DFB Erziehungslust

Nur Rotzen darf jeder ohne Maß

Heut sah ich sie wieder

Die Traumfrau von gestern

Doch heute war sie mir zuwider

Ich weiß – man kann darüber lästern

Die Schönheit blendete

Und ihre Klugheit tat so gut

Doch all dies Gute - es endete

Als sie rotzte - so wie es Messi tut

Der FC Bayern verliert

Viel zu oft in letzter Zeit

Nicht so dass mich das irritiert

Die Siegerbrust war schon zu breit

Viele Titel in jedem Jahr

Konnte ich als Mitglied feiern

Doch dass es "Bayern-Dusel" war

Glauben nur die mit den kleinen Eiern

Keiner kennt den Ort

Und niemand weiß die Zeit

Nehmt mich ruhig beim Wort

Ich freu mich darauf und bin bereit

'Träumer' sagen die Einen

Andere sagen 'Was weiß der'

Manche jubeln und viele weinen

11x in Folge bin ich Fußball Meister

Die Anhänger bangen

Der FC Schalke steigt ab

Jedem ist es klar seit langem

Schadenfreude hält alle auf Trapp

Spiele zum vergessen

Zerstörung einer Legende

Abstiegsplätze nicht verlassen

Abgestiegen – kein Wunder am Ende

Verlieren die Preußen aus Münster

Wird es für Münsteraner finster

Erreicht Preußen die Meisterkrone

Wird der Mond zur Säufersonne

Nächste Saison zittern sie wieder

Die Preußen in der dritten Liga

Können sie diese Liga nicht halten

Kicken sie einfach in der alten

Dallos

Dichtungs Dinge

©2018 Reinhold Tebtmann

ISDN: 978-3-7460-9634-6

Reinhold Tebtmann

Dallos
Dichtungs
Dinge

Klugscheißer - Sprücheklopfer - Besserwisser

Dallos

Gereimtheiten

ISDN: 978-3-7412-1019-8

Dallos
Gereimtheiten

einhold Trebtmann

Dallos

Gehirnzeilen

©2020 Reinhold Tebtmann

ISDN: 978-3-7526-2353-6

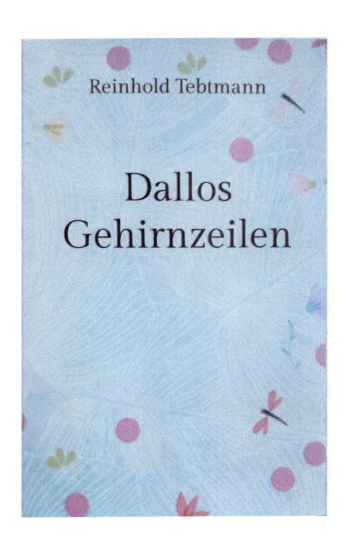

Reinhold Tebtmann

Dallos
Gehirnzeilen

Dallos

Verssuchungen

©2021 Reinhold Tebtmann

ISDN: 978-3-7543-5118-5

REINHOLD TEBTMANN

Dallos
Verssuchungen

Dallos

Schreibkram

©2022 Reinhold Tebtmann

ISDN: 978-3-7562-2781-5

REINHOLD TEBTMANN

DALLOS SCHREIBKRAM